SHREK 2™

¡ATAQUE DE GATO!

Adaptado por David Cody Weiss
y Bobbi JG Weiss

SCHOLASTIC INC.
New York   Toronto   London   Auckland   Sydney
Mexico City   New Delhi   Hong Kong   Buenos Aires

Shrek is a registered trademark of DreamWorks L.L.C. Shrek 2,
Shrek Ears and Shrek S ™ and © 2004 DreamWorks L.L.C. All Rights Reserved.

Translation copyright © 2004 by Scholastic Inc.
Published by Scholastic Inc.
SCHOLASTIC and associated logos are trademarks and/or registered trademarks of Scholastic Inc.

ISBN 0-439-63200-5

12 11 10 9 8 7 6 5 4 3 2 1   4 5 6 7 8 9/0

Designed by Carisa Swenson
Printed in the U.S.A.
First Spanish printing, May 2004

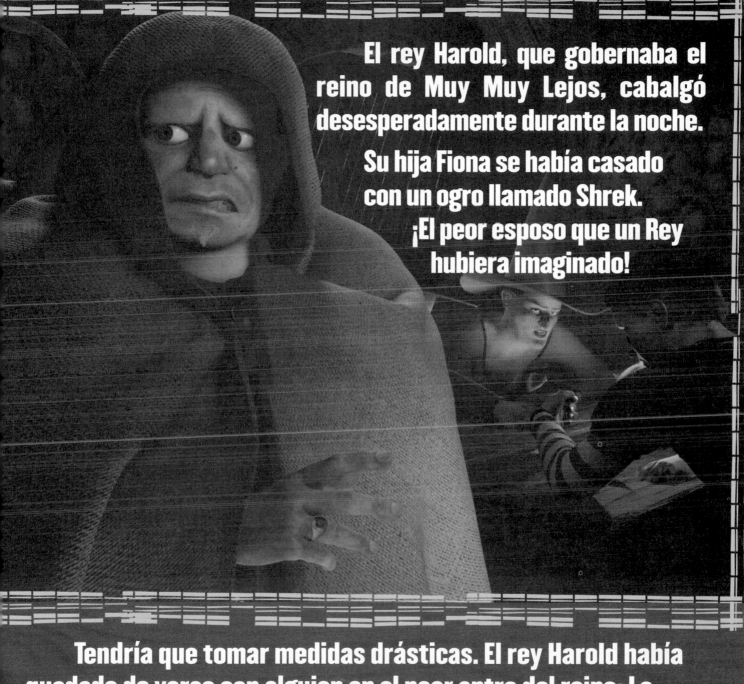

El rey Harold, que gobernaba el reino de Muy Muy Lejos, cabalgó desesperadamente durante la noche.

Su hija Fiona se había casado con un ogro llamado Shrek. ¡El peor esposo que un Rey hubiera imaginado!

Tendría que tomar medidas drásticas. El rey Harold había quedado de verse con alguien en el peor antro del reino: La manzana envenenada.

—¿Hola?—saludó el rey Harold en la oscuridad.

Una voz con un fuerte acento extranjero rugió desde las sombras: —¿Quién se atreve a entrar en mi morada?

—Espero no interrumpir —dijo el Rey con la mirada fija en un par de ojos verdes y brillantes—, pero me han dicho que tú eres la persona con la que debo hablar sobre un problema de ogros.

Los ojos se entrecerraron. —Es verdad, pero yo cobro mucho dinero por esto.

—¿Será suficiente con esto?—. El Rey puso una bolsa llena de oro encima de la mesa.

El rugido del desconocido se convirtió en un ronroneo. —Dime dónde puedo encontrar a este ogro.

Al día siguiente, al amanecer, Shrek y Burro se encontraron vagando en círculos por el bosque.

—Reconócelo, Burro —dijo Shrek—. Estamos perdidos.

—No podemos estar perdidos —insistió Burro —. El Rey nos dijo que lo encontráramos aquí para la cacería...

—¡En lo más profundo y oscuro del bosque! —**Burro se detuvo para temblar**—. Justo donde están esos árboles tan siniestros con esas ramas tan horribles.

—Genial —**protestó Shrek**—. La única oportunidad que tengo para arreglar las cosas con el padre de Fiona y termino perdido en el bosque contigo.

—¡No te desquites conmigo! —**dijo Burro**—. ¡Tú fuiste el que no quiso detenerse a pedir indicaciones! Yo solo estoy intentando ayudar.

Shrek suspiró.

—Ya lo sé. Lo siento, ¿está bien?

Entonces Shrek oyó un sonido extraño. Miró a Burro, y este le sonrió.

—Burro, ya sé que la ocasión es muy tierna, ¿pero por qué ronroneas?

—¿Qué dices? —**protestó Burro**—. Yo no estoy ronroneando. Los burros no hacen eso.

PURRRRRI

Una figura saltó de detrás de un árbol
—¡Ajá! —gritó el desconocido—.
¡Asústenme... si se atreven!

Lanzó un rugido, y a Burro se le
pusieron los pelos de punta.

—¡Cuidado! —gritó Burro cuando
vio la espada del desconocido—. ¡Tiene
un arma!

Pero Shrek sonrió. —Es un gatito,
Burro —dijo.

—Ven aquí, minino, minino...

¡El gato atacó con un perverso gruñido! Pero no usó su espada. De un salto, se quitó sus grandes botas y arañó a Shrek con sus uñas afiladas.

Shrek gritó de dolor.

—¡Ay! ¡Ay! ¡Vete de aquí!—. Empezó a brincar, intentando quitarse la bola de pelos rugidora.

Burro se preparó para dar una coz.

—¡No te muevas! —le dijo a Shrek.

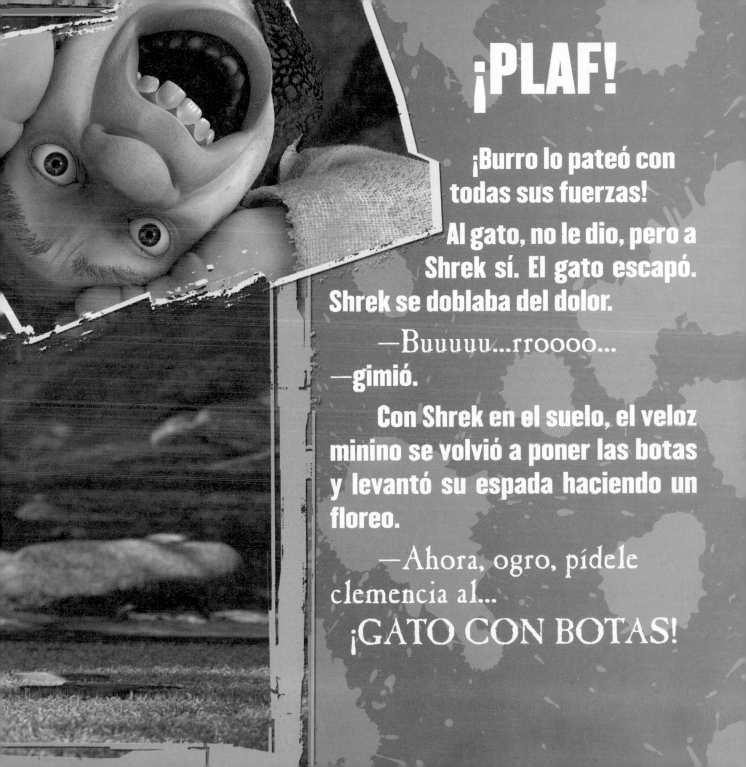

¡PLAF!

¡Burro lo pateó con todas sus fuerzas!

Al gato, no le dio, pero a Shrek sí. El gato escapó. Shrek se doblaba del dolor.

—Buuuuu...rroooo...
—gimió.

Con Shrek en el suelo, el veloz minino se volvió a poner las botas y levantó su espada haciendo un floreo.

—Ahora, ogro, pídele clemencia al...
¡GATO CON BOTAS!

Antes de continuar con su ataque, el Gato con Botas empezó a atragantarse.

Resolló y escupió. —Ejem, ejem, una bola de pelo —**dijo dócilmente.**

Burro se quedó mirando la porquería que había en el suelo.

—¡Esto es asqueroso!

Shrek agarró al Gato con Botas por el cuello.

—¡Ay, mi madre! —**gritó Gato aterrorizado**—. ¡Por favor, te lo ruego! ¡Señor, no era nada personal! El Rey me pagó mucho oro para cazarte y...

—¡Increíble! —**interrumpió Shrek**—. ¿El padre de Fiona te pagó para que me mataras?

—¿El Rey rico? —**preguntó el Gato con Botas**—. Sí.

Shrek dejó caer al gato por la cola.

—Se acabó la familia feliz.

Burro sabía cuánto le dolía esto a su amigo.

—Vamos, Shrek, no te sientas mal. Casi todo el mundo que te conoce te quiere matar.

—¿Solo porque no soy el príncipe Galán? **—preguntó Shrek muy triste.**

—Sí, eso es justo lo que dijo el Rey **—confirmó el Gato con Botas.**

—La verdad es que si pudiese, cambiaría —murmuró Shrek.

—¿Y te convertirías en un príncipe?
—**bromeó Burro**—. ¡Para eso haría falta un milagro!

Los ojos de Shrek se iluminaron.

—Podemos ir a visitar al Hada Madrina, a lo mejor ella me puede ayudar a encontrar mi final feliz. Burro, ¿estás dispuesto a acompañarme?

Burro sonrió.

—¡Claro! ¡Shrek y Burro emprenden otro torbellino de aventuras!

El Gato con Botas se levantó.

—¡Un momento! —**dijo**—. Ogro, te juzgué injustamente. Por mi honor, como tú me has perdonado la vida, me quedaré contigo hasta que salvemos la tuya.

A Burro no le convenció la idea.

—Lo siento, el puesto de animal parlante ya ha sido ocupado —**dijo**—. Vámonos, Shrek.

Pero Shrek sonrió al gato, que lo miraba con unos ojitos adorables.

—Vamos, Burro. Míralo con esas botitas... ¿Cuántos gatos pueden llevar botas? Nos lo quedaremos.

Burro estaba estupefacto.

—¿Qué? —**Burro movió la cabeza en señal de desaprobación y se alejó.**

—Oh, mira... —**dijo Shrek**—. ¡Está ronroneando!

—Ah, ¿y ahora es un lindo gatito? —**protestó Burro.**

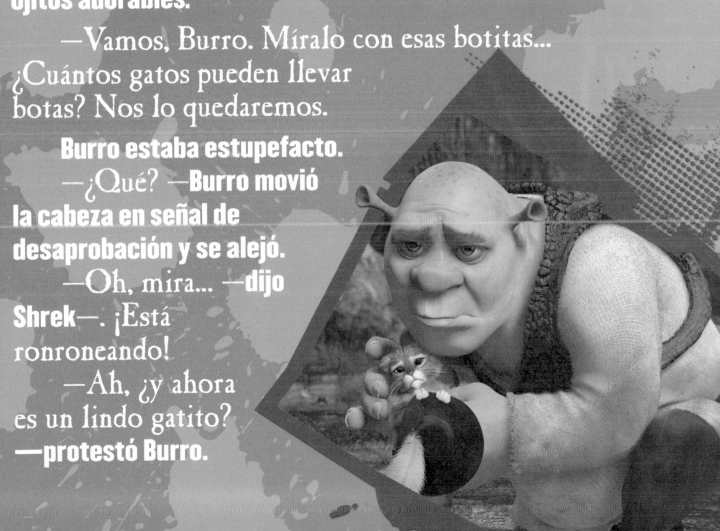

Shrek y el Gato con Botas se acercaron corriendo a Burro. Juntos empezaron su viaje para ir a visitar al Hada Madrina y cambiar la vida de Shrek...

o, a lo mejor, solo para cambiar a Shrek.